The Boy Who Cried Wolf
El niño que gritó: “¡Que viene el lobo!”

ADAPTED BY / ADAPTADO POR
Teresa Mlawer

ILLUSTRATED BY / ILUSTRADO POR
Olga Cuéllar

Once upon a time, there was a young shepherd boy named Peter. He lived with his parents in a village on a hillside. Peter took care of the other villagers' sheep to make some money and help his parents.

Había una vez un pequeño pastor que se llamaba Pedro. Vivía con sus padres en una aldea en la ladera de un monte. Pedro cuidaba de las ovejas de los vecinos de la aldea para ganar algún dinero y ayudar a sus padres.

Every day, Peter took the sheep to the hilltop. From there, he could see all the houses in the village. He always went with Lucas, his sheep dog, who helped him herd the sheep together.

Todos los días Pedro llevaba las ovejas a lo alto del monte. Desde allí podía ver todas las casas de la aldea. Siempre lo acompañaba Lucas, su perro pastor, que lo ayudaba a mantener junto el rebaño de ovejas.

Before Peter left the house to take care of the sheep, his mother prepared a basket with food. She also warned him to watch out for any wolves that might be on the prowl in search of sheep.

Antes de salir de casa para cuidar de las ovejas, su mamá le preparaba una cesta con comida. También le advertía que tuviera cuidado por si hubiera lobos rondando el lugar en busca de ovejas.

Looking after sheep was a boring job. Peter was always alone and he would often keep busy by counting sheep during the day or the stars at night.

Cuidar ovejas era un trabajo aburrido. Pedro siempre estaba solo y a menudo se entretenía contando las ovejas durante el día o las estrellas por la noche.

One morning, when Lucas had gone off to chase some rabbits, Peter got so lonely and bored he decided to play a trick on the villagers. He started shouting in the direction of the village, “Wolf! Wolf! The wolf is coming!”.

Una mañana en la que Lucas se había alejado para perseguir unos conejos, Pedro se quedó tan solo y aburrido que decidió gastarles una broma a los vecinos de la aldea. Comenzó a gritar en dirección a la aldea:

—¡El lobo! ¡El lobo! ¡Que viene el lobo!

The villagers were busy working in the town's vegetable garden when they heard the boy's cries. They immediately ran towards the hill, armed with their farming tools, to chase away the wolf and save their herd.

Los vecinos estaban ocupados trabajando en el huerto de la aldea cuando escucharon los gritos del niño.

Inmediatamente corrieron hacia el monte, armados con sus herramientas de labranza, para espantar al lobo y salvar su rebaño.

When the villagers reached the top of the hill, they saw that the sheep were grazing peacefully, and Peter was nowhere to be found.

Cuando los vecinos llegaron a lo alto del monte, vieron que las ovejas pastaban tranquilamente, pero no encontraban a Pedro por ningún lado.

Fearing the worst, the villagers began to search for the boy.
“Peter! Peter! Where are you?” they shouted.
Finally, his mother spotted him hiding behind a rock, roaring with laughter.

Temiéndose lo peor, los vecinos comenzaron a buscar al niño por todas partes.
—¡Pedro! ¡Pedro! ¿Dónde estás? —gritaban.
Por fin, su mamá lo vio escondido detrás de una roca, riéndose a carcajadas.

“Peter, your irresponsible behavior has given us all a terrible fright,” his mother said. “You must apologize to everyone right away.”

Peter felt very bad, so he looked at the villagers and said, “I’m truly sorry. I will never do it again.”

—Pedro, tu comportamiento irresponsable nos ha dado un susto terrible —le dijo su mamá—. Debes disculparte con los vecinos ahora mismo.

Pedro se sintió apenado y, mirando a los vecinos, dijo:

—Lo siento de veras. No volveré a hacerlo nunca más.

For a few days, Peter kept his word, but one afternoon he began to feel lonely and bored again. Forgetting his promise, he raced to the top of the hill and again started shouting, “Wolf! Wolf! The wolf is coming!”

Durante varios días Pedro cumplió su palabra, pero una tarde volvió a sentirse solo y aburrido. Olvidando su promesa, corrió a lo más alto del monte y comenzó a gritar:

—¡El lobo! ¡El lobo! ¡Que viene el lobo!

This time, many of the villagers paid no attention to Peter's cries for help. They thought he was playing another one of his tricks. However, his parents and a few other people ran to the top of the hill to help Peter, but when they arrived they found him laughing hysterically.

Esta vez, muchos de los vecinos no hicieron caso de los gritos de Pedro. Pensaban que les estaba gastando otra de sus bromas. Sin embargo, sus padres y unas cuantas personas más corrieron al monte para ayudarlo, pero cuando llegaron, encontraron al niño muerto de risa.

The villagers were very angry with Peter. They warned him they would not come if he cried wolf again.

After realizing how foolishly he acted, Peter promised himself he would not play any more tricks that would upset his parents and the villagers.

Los vecinos estaban muy disgustados con Pedro. Le advirtieron que no volverían la próxima vez que gritara: «¡Que viene el lobo!».

Pedro comprendió lo mal que había actuado y se prometió a sí mismo que se portaría bien para no disgustar a sus padres y a los vecinos de la aldea.

Peter continued to take the sheep to the hilltop every day. He kept himself busy by playing with Lucas or reading a book. Then one evening, as he was resting under a tree, he heard a noise. When he looked down he saw two red lights glowing at him from the nearby bushes.

Pedro continuó llevando las ovejas a lo alto del monte todos los días. Se entretenía jugando con Lucas o leyendo un libro. Una noche, mientras descansaba bajo un árbol, oyó un ruido. Al bajar la vista vio dos lucecitas rojas que lo miraban desde unos arbustos cercanos.

Peter quickly realized he was looking into the eyes of a fierce wolf that was staring at his sheep. He jumped to his feet, ran to the edge of the hill and cried out, “Wooolf! Wooolf! The wolf is here! He’s taking the sheep!”

The villagers heard his cries, but not a single one of them ran to help him.

Pedro se dio cuenta en seguida de que eran los ojos de un lobo feroz que observaba detenidamente a las ovejas. De un salto se puso de pie, corrió hasta el borde del monte y, con todas sus fuerzas, comenzó a gritar:

—¡El looobo! ¡El looobo! ¡El lobo está aquí! ¡Se lleva las ovejas!

Los vecinos escucharon sus gritos, pero ninguno acudió a ayudarlo.

Realizing that no one was going to come, Peter decided to take action and save the sheep himself.

He grabbed his food basket and threw it with all his strength, hitting the wolf on the snout.

Frightened, the wolf ran off into the forest.

Cuando se dio cuenta de que nadie iría a ayudarlo, Pedro decidió actuar por su cuenta y salvar las ovejas.

Agarró la cesta de comida y la lanzó con toda su fuerza, pegándole al lobo en el hocico. Asustado, el lobo salió corriendo en dirección al bosque.

When he returned home that night, he told his parents what had happened. Although they were shocked, they listened to everything he had to say. When he finished they said,

"Peter, do you see what can happen when people don't tell the truth? We hope that you've finally learned your lesson. Still, we are very proud of you for being brave and saving the sheep all by yourself."

Esa noche, al regresar a su casa, les contó a sus padres lo que había sucedido. Aunque se llevaron un buen susto, lo escucharon atentamente. Cuando terminó, le dijeron:

—Pedro, ¿ves lo que sucede cuando las personas no dicen la verdad? Esperamos que finalmente hayas aprendido la lección. Aun así, estamos muy orgullosos de ti por tu valor y por haber salvado las ovejas.

What lesson have we learned from his fable?

It's important to always tell the truth.

Nobody believes people who lie, even when they are telling the truth.

¿Qué lección hemos aprendido de esta fábula?

Es importante decir siempre la verdad.

Nadie cree a las personas que mienten, ni siquiera cuando dicen la verdad.

FOR INFORMATION, PLEASE CONTACT ADIRONDACK BOOKS, P.O. BOX 266, CANANDAIGUA, NEW YORK, 14424

ISBN 978-0-9864313-3-3 10 9 8 7 6 5 4 3 2 1 PRINTED IN CHINA